I Gary
– A.L.

Cyhoeddwyd gyntaf yn 2013 gan Wasg Gomer, Llandysul, Ceredigion, SA44 4JL
www.gomer.co.uk

ISBN 978 1 84851 655 7

ⓗ y testun: Caryl Parry Jones a Christian Phillips, 2013 ©
ⓗ y lluniau: Ali Lodge, 2013 ©

Dymuna'r cyhoeddwyr gydnabod cymorth Adrannau Cyngor Llyfrau Cymru.

Argraffwyd a rhwymwyd yng Nghymru gan Wasg Gomer, Llandysul, Ceredigion SA44 4JL

Bin Bwn a Ben
y Ci Tri Phen

Caryl Parry Jones
Christian Phillips
Lluniau Ali Lodge

Gomer

Ydych chi erioed wedi bod ym Mharc y Bore Bach? Beth ydych chi'n feddwl, 'Naddo'? Ond dyna lle mae'r creaduriaid hudol yn byw. A wyddoch chi beth? Mae'n hollol WYCH!

Maen nhw i gyd yn byw yna . . .
y dreigiau, yr Ieti, y môr-forynion,
y griffiniaid, y Seiclops, yr Eliffant Anghofus
(mwy amdano fo nes 'mlaen) a . . .

BIN BWN A BEN.

Ci yw Bin Bwn a Ben.

'Sut all Bin a Bwn a Ben fod yn UN ci?'
dwi'n eich clywed chi'n gofyn.

Achos mai hwn yw Parc y Bore Bach a
does yna ddim un anifail cyffredin yn byw yma.
Rŵan, gadewch i mi esbonio . . .

Mae'n siŵr eich bod chi wedi clywed pobl yn dweud bod *dau* ben yn well nag *un*?

Wel falle . . . weithiau. Ond, dydi o ddim bob amser yn wir.

Ac mae TRI phen yn gallu bod yn waeth byth.

A'r rheswm pam nad ydi TRI PHEN bob amser yn well na DAU BEN,

sydd ddim bob amser yn well nag UN,

ydi nad ydi DAU o'r TRI PHEN yn gallu cytuno ar UN peth ar y tro.

Wedi drysu?

Maen *nhw* hefyd!

Dyma Bin Bwn a Ben, y Ci Tri Phen.

Ie, dwi'n gwybod. Ci â thri phen. Beth oeddech chi'n ei ddisgwyl?

Mwnci â dwy gynffon? Mae gan y Parc un o'r rheiny hefyd.

Bin Bwn a Ben

Ond dydi Parc y Bore Bach ddim ond yn
cymryd cŵn â thri phen. Achos tydi ci ag
UN pen 'mond yn, wel . . . yn gi.

Ond fel roeddwn i'n sôn, mae'n anodd i ddau ben gytuno ar un peth. Felly beth os oes gyda chi dri?

Beth am i ni weld beth sy'n digwydd mewn diwrnod ym mywyd Bin Bwn a Ben. Wel, dydyn nhw ddim yn gallu cytuno o'r funud maen nhw'n deffro yn y bore.

Sef saith o'r gloch, tasech chi'n gofyn i Bin.

'Dim ffiars o beryg!' meddai Bwn, 'mae cŵn tri phen yn deffro am WYTH o'r gloch!'

'Wir?' meddai Ben. 'Ro'n i'n meddwl bod cŵn tri phen yn deffro pan roedden nhw'n teimlo fel gwneud ac yna'n gorwedd am ychydig yn meddwl am bethau.'

A phan maen nhw'n codi o'r diwedd, mae'n halibalŵ
ynglŷn â beth ddylsen nhw ei gael i frecwast.

Mae Bin yn hoffi bisgedi cŵn.

Mae Bwn yn hoffi tost.

Ac mae Ben yn hoffi wy bach del wedi'i ferwi.

Dydyn nhw ddim yn gallu cytuno ar unrhyw beth!

Unwaith, fe drion nhw drefnu gwyliau. O diar!

Roedd Bin am fynd
i rywle poeth,

Bwn am fynd
i rywle oer,

ond doedd Ben ddim
am fynd i nunlle.

Roedd yn cofio'r tro diwetha aethon nhw ar wyliau gyda'r
Eliffant Anghofus. Anghofiodd hwnnw lle roedden nhw i fod
i fynd ac wedyn anghofiodd y ffordd yn ôl!

Os ydyn nhw'n mynd am dro o gwmpas
Parc y Bore Bach ar ôl brecwast,

mae Bin eisiau
chwarae pêl,

Bwn eisiau bwyta
hufen iâ

a Ben 'mond eisiau eistedd ar y fainc
ger y llyn i geisio gweld y pysgod.
Y Pysgod Anweledig wrth gwrs.

Un diwrnod fe benderfynodd Bin Bwn a Ben y Ci Tri Phen fynd am dro.

'Awn ni â phicnic,' meddai Bwn.

'Ie, ac fe awn ni ag afalau,' meddai Bin.

'Na, na, na, beth am i ni fynd ag orenau,' meddai Ben.

'Na, na, na, na, na, fe awn ni â bananas,' meddai Bwn.

Roedden nhw'n methu'n lân â chytuno beth i fynd gyda nhw. Y cyfan
oedd i'w glywed ar hyd a lled Parc y Bore Bach oedd:

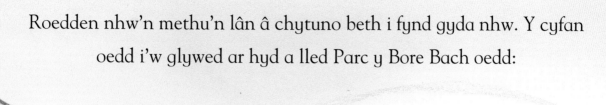

AFALAU!-ORENAU!-BANANAS!
AFALAU!-ORENAU!-BANANAS!

ar draws ei gilydd ar yr un pryd.
Roedd clustiau'r creaduriaid eraill i gyd
yn brifo gyda'r holl sŵn.

Hedfanodd Griff y Griffin heibio ffenest Bin Bwn a Ben y Ci Tri
Phen gan ddweud: 'Bin Bwn a Ben . . . ry'n ni wedi cynnal cyfarfod.
Dyma beth benderfynon ni:

(a) Byddwch yn dawel

(b) Byddwch yn dawel

ac

(c) Byddwch yn dawel!

Felly os nad oes ots 'da chi, allwch chi FOD YN
DAWEL, os gwelwch yn dda?'

'O, ac yn y cyfarfod hefyd,
fe benderfynwyd y byddai'n syniad
da i chi roi'ch pennau at ei gilydd
ambell waith i wneud rhywbeth
gwerth chweil yn lle
ANGHYTUNO drwy'r amser.'

'O, ac yn y cyfarfod hefyd, fe
benderfynwyd os ydych chi am fynd
ag afalau *ac* orenau *a* bananas,
falle y dylech chi ystyried gwneud
SALAD FFRWYTHAU!'

'Am syniad da!'
meddai Bin
Bwn a Ben.

'Wel dyna beth sy'n digwydd pan y'ch chi'n
rhoi'ch pennau at ei gilydd, chi'n gweld?' meddai
Griff y Griffin. 'Nawr, dydd da i chi! . . . O, wnes
i sôn y dylech chi fod yn dawel hefyd?'
Ac i ffwrdd â fo.

Felly dyma Bin Bwn a Ben yn gwneud
salad ffrwythau blasus, hyfryd o afalau,
orenau a bananas cyn mynd am dro
lawr at y llyn.

Pan gyrhaeddon nhw'r llyn dywedodd Bin,

'Iawn 'ta, beth am fynd i rwyfo?'

Ac meddai Bwn,

'Na, na, na, beth am fynd i bysgota?'

Ac meddai Ben,

'Na, na, na, beth am orwedd yn yr haul?'

Yna, fe nofiodd Lili'r Fôr-forwyn at y lan gan ddweud,
'Cofiwch nawr, rhowch eich pennau at ei gilydd. Os gwnewch
chi hynny, falle y gallwch chi wneud y TRI pheth ar yr un pryd.'

A dyna'n union wnaeth Bin Bwn a Ben.

Fe roddon nhw eu pennau at ei gilydd ac fe

aethon nhw i mewn i'r cwch . . .

lle bu Bin yn rhwyfo,

Bwn yn pysgota

a lle gorweddodd Ben yn braf yn yr haul.

A do, fe gawson nhw amser bendigedig
a'r salad ffrwythau oedd y salad ffrwythau
gorau flasodd unrhyw un erioed.

Mae Bin Bwn a Ben yn dal i anghytuno o dro i dro ond wedyn
maen nhw'n cofio rhoi eu pennau at ei gilydd.
Cofiwch, maen nhw wastad wedi cytuno ar ddau beth.
Sef bod cael eu bol wedi'i gosi yn deimlad braf
ofnadwy a bod gallu ysgwyd eu cynffon
yn un o bleserau mwya'r byd.

Wel, eu byd nhw, beth bynnag!